THA AN LEABHAR SEO
LE:

....

....

SGEULACHD

Bheniàmin Coineanach

SGEULACHD

BHENIÀMIN COINEANACH

le

BEATRIX POTTER

Eadar-theangachadh le Seumas Ruairidh MacDhòmhnaill

GRACE NOTE PUBLICATIONS

GRACE NOTE PUBLICATIONS

Air fhoillseachadh sa Ghàidhlig agus le dealbhan ath-nuadhaichte ann an
2008 le Grace Note Publications

LAGE/ISBN 978-0-9552326-4-0

Chaidh *The Tale of Benjamin Bunny* fhoillseachadh an toiseach
le Frederick Warne ann an 1904.

Tha Grace Note Publications fo chomain aig Bill Innes, Peigi Stiùbhart
agus Mairead Bennett airson beachdan cuideachail a thoirt seachad.

Chuidich Comhairle nan Leabhraichean am foillsichear
le cosgaisean an leabhair seo.

Tha clàradh CIP dhan leabhar seo ri fhaighinn bho Leabharlann
Bhreatainn.

Air a chlò-bhualadh is air a cheangal an Sìona

DO CHLOINN BAILE SAWREY BHO
SHEANN MHGR. COINEANACH

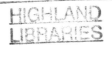

A on mhadainn, bha coineanach beag na shuidhe air bruaich.

Thog e a chluasan nuair a chual' e fuaim pònaidh: triot-trot, triot-trot.

Bha carbad beag a' tighinn a-nuas an rathad; bha Maighstir MacGriogair ga stiùireadh agus bha Bean MhicGhriogair na suidhe ri thaobh. Bha bonaid ghrinn bhòidheach air a ceann.

Cho luath 's a chaidh iad
seachad, rinn Beniàmin
Coineanach beag sìnteag sìos
chun an rathaid, agus thog e
air—le leideag is ceum is
leum—agus dh'fhalbh e a
chèilidh air a chàirdean a
bha a' fuireach sa choille air
cùlaibh lios MhicGriogair.

Bha a' choille sin làn tholl-rabaidean; agus bha piuthar-màthar Bheniàmin agus a cho-oghaichean Flopsaidh, Mopsaidh, Earball-Canaich agus Peadar a' fuireach anns an toll a b' fheàrr agus bu ghrinne anns a' ghain-mhich.

Bha seann Bhean Rabaid na banntraich; fhuair i cosnadh a' fighe mhiotagan is mhùtanan air an dèanamh de chlò-rabaid (cheannaich mi paidhir aon turas aig fèill). A bharrachd air seo, bha i a' reic luibhean, teatha ròs-Màiri agus tombaca-rabaid ('s e lus na tùise an t-ainm a th' againne air).

Cha robh Beniàmin Beag airson
Antaidh fhaicinn.

Thàinig e timcheall air cùl na
craoibh-giuthais, agus theab e
tuiteam seachad air a cho-ogha
Peadar.

Bha Peadar na shuidhe na aonar. Bha coltas gu math truagh air agus gun mu thimcheall ach nèapraig dearg canaich.

"A Pheadair," arsa Beniàmin beag ann an cagar, "càit a bheil do chuid aodaich?"

"Tha air a' bhodach-ròcais ann an lios MhicGriogair," fhreagair Peadar, agus dh'innis e mar a bha Mgr MacGriogair ga ruith air feadh an lios agus mar a chaill e a bhrògan agus a sheacaid.

Shuidh Beniàmin ri taobh a cho-ogha agus thuirt e ris gun robh e cinnteach gun deach Mgr. MacGriogair a-mach anns a' charbad bheag còmhla ri Bean MhicGriogair. Bhiodh iad air falbh fad an latha gun teagamh, seach gur e a' bhonaid a b' fheàrr a bh' aice a bh' air Bean MhicGriogair.

Thuirt Peadar gun robh e an dòchas gun tigeadh an t-uisge!

Dìreach an uair sin, chualas guth màthair Pheadair a-staigh anns an toll-rabaid, agus i a' gairm, "Earbaill-Chanaich! Earbaill-Chanaich, faigh tuilleadh de lusan nan camomhil dhomh!"

Thuirt Peadar gum biodh esan a' faireachdainn na b' fheàrr nan gabhadh e cuairt.

Dh'fhalbh iad làmh ri làimh, agus streap iad gu mullach a' bhalla aig ceann na coille. Bhon a seo, choimhead iad sìos dhan lios aig Mgr. MacGriogair. Chunnaic iad an t-seacaid agus na brògan aig Peadar air a' bhodach-ròcais, agus bha seann bhonaid MhicGriogair air ceann a' bhodaich-ròcais cuideachd.

Thuirt Beniàmin beag, "Millidh e aodach duine a bhith a' snàigeadh fo gheata. 'S e cromadh sìos craobh nam peur an dòigh cheart air faighinn a-steach."

Thuit Peadar sìos an comhair a chinn, ach cha do rinn e cron sam bith, seach gun robh an ùir fodha cho bog.

Bha an ùir air a h-ùr-chur le leiteisean.

Dh'fhàg iad lorgan beaga neònach gu leòr air a feadh, gu sònraichte Beniàmin beag, bhon a bha brògan fiodha air.

Thuirt Beniàmin beag gur e a' chiad rud aodach Pheadair fhaighinn air ais, seach gum biodh an nèapraig feumail dhaibh.

Thug iad an t-aodach far a' bhodaich-ròcais. Ach bha an t-uisge air a bhith ann tron oidhche; bha uisge am broinn nam bròg agus bha an t-seacaid beagan na bu lugha.

Chuir Beniàmin a' bhonaid mu cheann, ach bha i ro mhòr dha.

An uair sin mhol e gum
bu chòir dhaibh an
nèapraig a lìonadh le
uinneanan mar thiodhlac
beag do dh'Antaidh.

Cha robh Peadar air a
dhòigh; bha esan a'
smaointinn gun robh e a'
cluinntinn fhuaimean
fad an t-siubhail.

Air an làimh eile, bha Beniàmin ann an deagh shunnd agus dh'ith e duilleag leiteis. Thuirt e gun robh esan cho eòlach air a bhith tighinn dhan lios cuide ri athair a dh'iarraidh leiteas airson na dìnneir Dhòmhnaich aca.

('S e seann Mhaighstir Beniàmin Coineanach an t-ainm a bh' air athair Bheniàmin.)

'S gu dearbh, bha na leiteisean dìreach sgoinneil.

Cha do ghabh Peadar càil;
thuirt e gum b' fheàrr leis
a dhol dhachaigh. An
ceann treis, thuit an dàrna
leth dhe na h-uinneanan
air.

Thuirt Beniàmin nach b' urrainn dhaibh craobh nam peur a dhìreadh le ultach glasraich.

Threòraich e Peadar gu dàna gu ceann eile an lios. Choisich iad air maidean ri taobh balla de bhreigichean ruadha is a' ghrian a' deàrrsadh orra.

Bha na luchain nan suidhe air leacan nan dorsan aca a' bristeadh chlachan-siris; phriob iad air Peadar Rabaid agus Beniàmin.

An ceann treis eile, thuit na h-uinneanan à nèapraig Pheadair a-rithist.

Chaidh iad am measg nam poitean-fhlùraichean, nam frèamaichean agus nan tubaichean; bha Peadar a' cluinntinn fhuaimean na bu mhiosa na chual' e fhathast; bha a shùilean cho mòr 's a ghabhadh.

Bha e ceum neo dhà air thoiseach air a cho-ogha nuair a stad e gu h-obann.

Seo an sealladh a chunnaic na rabaidean beaga air taobh eile an oisein!

Thug Beniàmin aon sùil air a' chat, agus ann am priobadh na sùla, chuir e Peadar, na h-uinneanan agus e fhèin air falach fo bhasgaid mhòir ...

Dh'èirich an cat agus shìn e e fhèin, agus an uair sin shnot e a' bhasgaid.

'S dòcha gun robh e dèidheil air fàileadh nan uinneanan.

Co-dhiù, shuidh e sìos air mullach na basgaid.

Shuidh e an sin fad *còig uairean.*

*

Chan urrainn dhomh dealbh a tharraing dhut air Peadar agus Beniàmin fon bhasgaid, seach gun robh e cho dorcha, agus seach gun robh samh nan uinneanan cho uabhasach is gun tug e air Peadar agus Beniàmin a bhith gal.

Chaidh a' ghrian air cùl na coille, agus i a-nis gu math anmoch san fheasgar; ach bha an cat fhathast na laighe air muin na basgaid!

Mu dheireadh thall, chualas ceuman coiseachd agus thuit criomagan de chrèadh-aoil far a' bhalla gu h-àrd.

Sheall an cat suas agus chunnaic e seann Mhgr. Beniàmin Coineanach a' tighinn le ceuman àrda air mullach a' bhalla.

Bha pìob na bheul is ceò tombaca-rabaid a' sruthadh aiste, agus bha bata beag na dhòrn.

Bha e a' sireadh a mhic.

Cha robh cait a' cur eagal sam bith air seann Mhgr. Coineanach.

Gheàrr e cruinn-leum uabhasach far mullach a' bhalla air muin a' chait agus thug e sgleog dha agus bhreab e dhan taigh-ghlainne e, a' sgròbadh làn a dhùirn de bhian far a' chait.

Abair dùsgadh dhan chat! Cha b' urrainn dha ionnsaigh a thoirt air seann Mhgr. Coineanach, leis mar a chlisg e.

Nuair a bha an cat air fhuadach dhan taigh-ghlainne, ghlas seann Mhgr. Coineanach an doras.

An uair sin thill e chun na basgaid agus spìon e Beniàmin a-mach air chluais, agus thug e slacadh dha leis a' bhata.

An dèidh sin, thug e Peadar a-mach.

An uair sin ghabh e grèim air
an nèapraig làn uinneanan,
agus cheumnaich e a-mach às
an lios.

Nuair a thill Maighstir MacGriogair mu leth-uair a thìde às dèidh sin, mhothaich e do rud no dhà a chuir dragh air.

A rèir coltais, bha cuideigin air a bhith a' coiseachd air feadh an lios ann am paidhir bhrògan-fiodha – ach bha na lorgan uabhasach beag!

Cha robh e a' tuigsinn na bu mhò ciamar a dhùin an cat e fhèin am broinn an taigh-ghlainne agus a ghlas e an doras bhon taobh a-muigh.

Nuair a fhuair Peadar dhachaigh, thug a mhàthair mathanas dha, seach gun robh i cho toilichte fhaicinn gun do lorg e a bhrògan agus a sheacaid. Phaisg Peadar agus Earball-Canaich an nèapraig, agus chroch Bean Rabaid na h-uinneanan bho spàrr anns a' chidsin, còmhla ri na luibhean agus an tombaca-rabaid.

A' CHRÌOCH